AF266162

QUELQUES
ÉVÉNEMENS DU JOUR,

FRAGMENT

DU MANUSCRIT TROUVÉ A LYON

DANS UNE VIEILLE ARMOIRE DE SACRISTIE,

ET DESTINÉ A UNE PROCHAINE PUBLICATION
A PARIS

SOUS LE TITRE DE

LETTRES CONTEMPORAINES

OU

CORRESPONDANCE SECRÈTE

Entre un Curé jésuite, une Femme de qualité sa pénitente,
Un Libéral constitutionnel et quelques autres personnes;
Manuscrit dédié aux Électeurs à cent écus.

PARIS,

DELAUNAY, LIBRAIRE, PALAIS-ROYAL.

LYON,

CHEZ TOUS LES LIBRAIRES (EXCEPTÉ CHEZ M. RUSAND).

1829

UN MOT DE PRÉFACE.

On le sait : ce manuscrit a eu du malheur.
M. le Curé de St-Nizier a protesté qu'il n'avait
point été trouvé dans une armoire de sacristie,
du moins dans son église. M. le Maire n'a point
voulu permettre que lecture d'une des lettres
qui le composent fût tout modestement faite dans
la salle de la Bourse, à la suite d'une séance de
Penteugraphie ; et enfin M. le Préfet, armé de
certain article du Code Pénal, a jeté son *veto* au
milieu des dispositions que faisait l'Editeur du-
dit manuscrit pour en lire un fragment dans un

établissement particulier. Déja une réponse a été faite à M. le Curé de St-Nizier par l'intermédiaire du *Journal du Commerce* ; et il est probable que cet estimable ecclésiastique en a été satisfait, puisqu'il n'a pas repliqué. Quant à M. le Préfet et à M. le Maire, fonctionnaires éminens qui ont à leurs ordres le Code et les concierges des bâtimens publics, il n'y avait qu'un moyen de leur répondre, et on voit lequel. Seront-ils contens de la réponse ? Sans doute que non : mais qu'importe, si le Public est satisfait ; et il le sera, car il est rarement de l'avis des Autorités. Toutefois, comme l'Editeur tient beaucoup à ne pas se brouiller avec ces mêmes Autorités, il fera humblement remarquer à M. le Maire et à M. le Préfet que sa publication ne renferme pas un mot contre les Jésuites.

QUELQUES ÉVÉNEMENS DU JOUR.

LETTRE LXXI.

Grenoble, le   Octobre 1829.

M. DUPRÉSENT A Mme BELMONT A PARIS.

Madame,

Votre double lettre (celle de Mme de Châteauvieux
et la vôtre) m'a fait un plaisir que je ne saurais peindre.
On ne peut causer religion et politique d'une manière
plus juste et plus piquante à la fois que vous ne le faites
l'une et l'autre. Le touchant rapport de vos cœurs semble s'étendre jusqu'aux productions de votre esprit. En
vérité, si en cette occasion j'avais à donner une pomme,
je serais plus embarrassé que ne le fut jadis le berger
troyen.....

Ces lignes préliminaires s'adressent, cela va sans
dire, à notre belle convertie comme à vous ; mais la
lettre même n'est écrite que pour vous seule, à moins
cependant que vous n'en décidiez autrement. Vous
vous souvenez que j'ai à répondre à votre missive particulière du..... Et d'ailleurs je ne parlerai pas pour

cette fois des Jésuites. Tout intéressans que sont ces bons pères, ce n'est pas un mal, ce me semble, de les laisser reposer un peu. Ce qui est bon paraît toujours meilleur quand on ne s'en rassasie pas.

Notre population dauphinoise est depuis quelque temps favorisée d'illustres visites, et sa curiosité a à peine le temps de reprendre haleine. Il y a quelques semaines qu'il nous a été donné de contempler les traits du vieux défenseur des droits du peuple, et voilà que nous pouvons voir tout à notre aise une jeune princesse que sa naissance associe aux prérogatives du trône. Mais du reste nulle identité, nul rapport quelconque entre ces deux voyages, quoique mémorables tous deux. Dans l'un, l'autorité comprimait sans pouvoir retenir; et dans l'autre, elle a excité sans trop parvenir à enthousiasmer. Ici, c'était curiosité et intérêt, si vous voulez; ailleurs, entraînement et sympathie. La cause de cette différence ?... ne la cherchez nulle autre part que dans l'avènement du ministère Labourdonnaye. Ainsi se vérifie en partie le mot plein de sens d'une autre princesse de la famille royale, connue par son énergie à une certaine époque et l'estime particulière qu'en faisait Napoléon : « *Ceci* (l'ordonnance du 8 août) *est une entreprise et je ne les aime pas; elles ne nous ont jamais réussi.* » Je dis que cette différence ne vient que de là; car MADAME, duchesse de Berry, est personnellement aimée, très aimée. Eh! comment ne le serait-elle pas? Rien de plus simple que son ton, rien de plus affable que son caractère, rien de plus généreux que son cœur. A Lyon par exemple, où elle a fait une excursion momentanée, elle est entrée dans quelques ateliers et dans divers magasins de détail comme une simple bourgeoise. Dans ces lieux-là, au musée, à l'hôpital, à l'exposition improvisée des fabricans, à l'exhibition peut-être un peu intéressée des peintres, partout où il y avait des heureux, ou, ce qui revient à peu près au même, des emplettes à faire, elle a fait les uns et accompli les autres avec une générosité, un tact et une grâce inimaginables. On a surtout été ravi d'entendre la princesse dire aux trois autorités capitales de la ville, le Préfet, le Maire et le Général, qui, devant l'accompagner pendant une partie du jour, s'étaient présentés à elle en grand costume : « Messieurs, il paraît que vous n'avez pas songé « que je suis en voyageuse et que je ne veux pas être « autrement. Pour rétablir l'égalité entre nous, veuil- « lez aller prendre vos habits de ville. » Vous conviendrez que la leçon était piquante par la forme autant que par le fond.

Mais il faut bien que je vous dise que MADAME, toujours semblable à elle-même en fait de grâce, de bonté, m'a paru changée sous un autre rapport. Que sont devenus ce teint de lys et de roses, cette vivacité des yeux, cette gaîté de caractère qu'elle apporta en France en 1816 ? Il y a treize ans de cela, me direz-vous, et le temps ne respecte pas plus la figure des princesses que celle des femmes du peuple ? C'est vrai ; mais croyez-vous que des contrariétés de position et un horrible malheur domestique ne soient pour rien dans cette altération précoce ? Son époux est frappé à mort dans ses bras ; bientôt après viennent les malaises d'une grossesse, et quelques mois plus tard a lieu la couche sinon la plus douloureuse, au moins la plus extraordinaire que jamais princesse ait faite. Seule, sans aide, sans lumière, l'intéressante Caroline met au monde un fils qu'heureusement nous avons conservé ; mais qu'un si singulier délaissement pouvait nous faire perdre. Vous, Madame, vous êtes trop jeune pour vous souvenir de tout cela ; mais moi qui suis né avec la révolution et qui par conséquent ai vu bien des événemens, j'ai toujours celui-là devant les yeux. J'ai toujours aussi dans la mémoire les paroles de certitude et d'effusion maternelles que, selon les journaux monarchiques du temps, l'auguste accouchée adressa à divers grands personnages de la cour, et notamment au duc de Reggio, personnages que le bruit d'une délivrance aussi subite qu'imprévue avait attirés en hâte dans l'appartement de Son Altesse.

Le séjour de MADAME à Lyon a donné lieu à une polémique assez curieuse entre le maire de cette ville et le gérant du journal le *Précurseur*. Si vous avez fait attention à quelques lignes que j'ai précédemment écrites, vous en avez deviné la cause. L'autorité municipale trouvait que tout a été pour le mieux dans la réception que les Lyonnais ont faite à la Princesse ; et le journal, qui n'aime pas *l'entreprise* du 8 août, a insinué que sans cette entreprise les choses se seraient passées avec plus d'unanimité et d'enthousiasme. De là, lettre du maire au journaliste en vertu de la loi du 25 mars 1822, et réponse immédiate du journaliste en vertu du droit de légitime défense. Vous pressentez sans doute sur quoi ont roulé ces deux lettres accolées l'une à l'autre ; mais ce que vous ignoreriez si je ne vous le disais, c'est qu'abstraction faite du fond de la question, ce n'est pas le maire qui a triomphé. Un magistrat qui descend dans l'arène de la polémique avec un simple citoyen doit écrire avec dignité, avec vérité, avec élégance même; car l'élégance du style fait au moins présumer de l'urbanité et une belle éducation ; il ne doit pas supposer des intentions malveillantes à son antagoniste, il ne doit pas forcer le sens de ce qu'il a pu dire, il ne doit point montrer de colère, et surtout il ne doit pas menacer. La colère ne prouve pas qu'on ait raison, et les menaces sont peu généreuses envers qui ne peut les rendre. Du reste, cette singulière querelle, qui a occupé un instant le public lyonnais après le départ de la Duchesse, pourrait bien être portée devant les tribunaux. Si cela arrive, et attendu que l'audience ne pourra manquer d'être fertile en choses neuves et piquantes, je vous en ferai part.

Au moment où je vous écris, l'auguste voyageuse, accompagnée de son beau-frère dom Francisco d'Espagne et de son épouse, qu'elle a pris à Valence, revient de Lyon et entre dans nos murs. A son premier séjour elle avait visité notre hôpital, notre jardin de l'Intendance, notre musée, notre beau pont en fer forgé sur le Drac, nos cuves de Sassenage, notre grande Chartreuse, et en général tout ce que notre jolie ville et ses pittoresques environs offrent de plus remarquable. Cette fois elle est tout entière à ses joies, à ses étreintes de famille; elle embrasse son père et sa mère qu'elle n'avait pas vus depuis son union avec le duc de Berry, et sa sœur Christine qu'elle avait laissée enfant, et qui, quatrième épouse de Ferdinand VII, va s'asseoir sur le trône d'Espagne. Ah! puisse cette nouvelle reine vivre plus long-temps que ses infortunées devancières! Puisse-t-elle être surtout plus heureuse que cette autre princesse de Naples, qui, sortie de son pays pleine de gaîté, de vie et d'avenir, mourut à vingt-deux ans d'ennui, de tribulations domestiques et d'indigestion..... d'une tasse de chocolat ! Puissent enfin ses opinions qu'on dit libérales gagner son royal époux et se propager ensuite dans toute l'Espagne à jamais purgée de ses moines et de son pouvoir absolu !!!

Le monarque napolitain a l'air tout bourbonien, c'est à dire doux et bon ; on le dit d'une affection et d'une bienveillance rares dans ses rapports de famille ; je le crois, mais je ne voudrais pas me souvenir qu'il fut prince de Calabre, qu'il jura fidélité à la constitution des Cortès en 1820, qu'il convoqua lui-même le parlement national en qualité de lieutenant-général du royaume, et qu'ensuite étant monté sur le trône..... Oh ! que la politique rétrograde a de nos jours coûté de sang et de larmes à l'humanité !!!

Le monarque napolitain, pour revenir à mon sujet, se rend en Espagne ; il va assister aux noces de sa fille à laquelle il donne ainsi une rare et haute marque d'affection paternelle. Je crois de plus que Sa Majesté Sicilienne n'est pas fâchée de faire la connaissance personnelle de Sa Majesté Catholique. Outre d'anciens liens de parenté qui vont se resserrer encore, il y a entre ces deux Majestés des sympathies de caractère, des rapports de conduite qui doivent les rendre chères l'une à l'autre. Je ne vous parle pas de la magnificence avec laquelle seront célébrées ces noces mémorables ; les journaux vous ont assez appris que les fêtes qui auront lieu à cette occasion dans toute l'Espagne et en particulier à Madrid, tiendront du prodige et en quelque sorte de la féerie. Mais, me direz-vous, ces immenses dépenses, le trésor de Ferdinand qui n'a pas la réputation d'être bien garni, pourra-t-il y suffire? Non, sans doute, mais l'auguste beau-père n'a-t-il pas déja envoyé à son auguste gendre douze tonneaux pleins d'or? mais le banquier Aguado ne réussira-t-il pas à placer encore à Paris pour quelques millions de rentes espagnoles?.... Ils sont si riches et en même si crédules ces bons Parisiens!!! Et puis, à la rigueur, ne peut-on pas établir quelque bon impôt sur un peuple qui a le bonheur de voir marier son roi pour la quatrième fois!....

Allez, Madame, les dépenses se feront, on les payera, et si on ne le peut, on les devra. Les dettes criardes n'effraient pas plus le trésor espagnol que les sottes prodigalités n'épouvantent le trésor français.

On a bien dû se donner carrière à Paris sur le monstrueux traité de paix qui vient d'être conclu en Orient. Quelle orgueilleuse forfanterie et ensuite quelle basse lâcheté a montrée ce fier sultan Mahmoud que ses admirateurs comparaient l'an passé au vainqueur de Pultawa, au grand Czar Pierre Ier!!! Mahmoud a trouvé du courage pour envoyer le cordon à plusieurs de ses pachas, pour détruire par le fer ou le feu sa vieille garde des janissaires, pour faire coudre en des sacs et jeter à la mer des centaines de malheureuses qui avaient commis le crime de verser des larmes sur la mort de leurs pères, de leurs frères ou de leurs époux; Mahmoud a trouvé de l'énergie pour tirer l'étendard du prophète de son étui, pour sortir en pompe jusqu'à trois lieues de sa capitale, pour habiller ses troupes à l'européenne, pour les passer en revue et les faire manœuvrer soir et matin ; mais le jour que le général Diébitch est entré à Andrinople, le jour que les avant-postes russes ont pu découvrir les minarets de l'antique Bysance ; le jour enfin qu'il a fallu payer de sa personne, la fièvre de la peur a pris ce redoutable Mahmoud ; il ne s'est plus senti ni énergie ni courage. Lui qui d'abord avait juré de s'ensevelir au besoin sous les ruines de sa capitale ; lui qui avait tant de fois protesté qu'il ne ferait jamais rien qui pût compromettre l'honneur ou les intérête du Croissant, le voilà qui a *tendu la main*, s'est mis à la discrétion de son vainqueur et s'est comme jeté à ses genoux !....

Cette paix que Mahmoud demandait si humblement, Nicolas la lui a accordée ; mais le monarque moscovite a judicieusement soupçonné que tant de bassesse ne pouvait que cacher beaucoup de perfidie. Adraste ne demandait la vie à Télémaque que pour avoir occasion de le percer d'un poignard qu'il portait caché. Aussi c'est moins un traité de paix que Nicolas a dicté à son ennemi vaincu qu'un traité d'incorporation de son empire au sien. L'Autocrate veut bien avoir pour le moment à Constantinople un vice-roi qui porte le turban ; mais c'est une mesure qu'il saura révoquer en temps et lieu. Lorsqu'il aura ruiné son commerce, lorsqu'il aura pompé jusqu'au dernier écu de son trésor, et surtout lorsqu'à la faveur d'une longue possession du territoire turc, s'y seront graduellement infusés le sang et les mœurs moscovites, alors la poire sera mûre et l'empereur la cueillera. *Tout vient à point à qui sait attendre.* Cette maxime de M. de Villèle paraît être propre à tous les climats.

Quoiqu'il en soit, si Mahmoud n'a pas su se défendre, il faudra bien qu'il sache payer. L'un lui sera problablement plus aisé que l'autre. Déja de divers côtés de l'Europe d'opulens capitalistes, alléchés par de gros intérêts, lui font des offres. Mais l'offre qui, dit-on, attire le plus particulièrement l'attention de Sa Hautesse, est celle que lui a faite le baron Rotschild. Ce fameux *argentier*, comme on disait autrefois, las de n'être que le Roi des Banquiers et le Banquier des Rois, aspire à ceindre la couronne, et veut à son tour être traité de Majesté. Or, il a dit au tributaire de Nicolas :

« Vous possédez en Asie une contrée qu'on appelle
« Palestine. Jérusalem en est la capitale. Ce pays, qui
« n'est pas dans la limite naturelle de vos états, et qui
« vous rend peu de chose, doit fort médiocrement
« vous intéresser. Eh bien ! moi, il m'intéresse beau-
« coup, attendu que je suis Juif, attendu que j'ai le
« projet d'y rassembler tous mes frères en Moïse,
« misérablement dispersés dans tous les coins du
« monde, attendu que je suis bien aise de faire mentir
« les sinistres prédictions des prophètes et des écritu-
« res ; attendu, s'il faut tout vous dire, que je veux
« être Roi sur mes vieux jours, et fonder, comme
« tant d'autres, une dynastie. Je vous propose donc
« de me céder à toujours la propriété et la pleine sou-
« veraineté de cette contrée. En retour je vous ouvri-
« rai mes coffres dans le cas urgent où vous vous
« trouvez, et vous prêterai la somme ronde de cent
« millions de francs, pour dix ans, *sans intérêts*.
« Faites votre calcul, et vous verrez que, pendant cet
« espace de temps, l'agiot et les intérêts composés de
« cette somme payeront de reste les rochers et les
« bruyères de la Palestine. Et ne m'objectez pas que

« je ne serai pas *légitime*. Ainsi que la plupart des
« princes de l'Europe, vous Sultan tenez votre titre
« du sabre, et moi je le devrai à l'argent. Est-ce que
« l'argent n'a jamais fait de conquêtes ? Est-ce qu'il
« n'est pas aussi une puissance ? Demandez plutôt à
« l'Angleterre. »

Ce qu'a répondu Sa Hautesse à ce langage plein
d'argumens solides, et par cela même peu diplomati-
ques, on l'ignore encore : car, bien que le Sultan ne
soit plus que l'ombre d'un souverain, il a encore une
chancellerie; mais en attendant, s'il m'était permis
d'exprimer une opinion sur cette importante affaire,
je dirais que les deux contractans n'auraient pas lieu
de se plaindre de l'avoir faite. Le Sultan ferait immé-
diatement un peu lâcher prise aux serres de l'aigle
Moscovite, et le banquier Israélite constituerait en
corps de nation plusieurs millions d'individus qui depuis des siècles habitent vingt pays différens sans avoir
une seule patrie, parce que partout d'indestructibles
préjugés les poursuivent. Aux lieux où on ne s'en défie
pas, on les méprise. Et puis, peut-être aussi que le baron Rotschild serait un bon roi, un grand roi même:
qui sait ? Il est bien un habile banquier !....

Les événemens qui se sont passés en Europe depuis
deux ans, sont sans doute très majeurs, mais vous
voudrez bien remarquer, Madame, qu'ils n'ont pas
pour cela absorbé l'attention tout entière de la France
constitutionnelle. Quand on a quelque chose qui péri-
clite dans son appartement, il ne faut pas rester trop
long-temps à la fenêtre. Depuis la nomination du
nouveau ministère, les Jésuites, le parti-prêtre et la
faction nobiliaire ont de concert et plus fièrement que

jamais relevé la tête. Mais aussi depuis cette même époque la France est sur ses gardes et se tient sur le qui-vive. A coup sûr ses journaux politiques, ses associations contre la perception de tout impôt illégal, et en général son attitude calme et ferme à la fois nous ont préservés de certains coups d'état de la façon du débonnaire député de 1815.

Mais au milieu des protestations et des clameurs de *haro* qu'a excitées de toutes parts l'avénement du ministère Polignac-Wellington, il faut distinguer le PLACET de cent cinquante-quatre habitans notables de notre ville. Ce placet adressé au Roi est un modèle de fermeté citoyenne et de respectueuse vigueur. Jamais tant de vérités ne furent dites en si peu de mots. On y reconnaît le langage de citoyens qui payent des impôts, et qui ont quelque chose à perdre à la perturbation de la chose publique ; on y voit, ce qu'ils ont prouvé du reste en mille autres occasions, que les Grenoblois de 1829 sont dignes des Grenoblois de l'ère glorieuse de 1789. Je vous transcris cette pièce en retour de la fameuse *Lettre au Roi* dont vous avez eu la complaisance de me transmettre copie. Sans vanité, mon cadeau vaut mieux que le vôtre.

SIRE,

« Vos fidèles sujets soussignés habitans de Grenoble, département de l'Isère, viennent déposer au pied du trône l'expression de leurs craintes et de leurs douleurs.

« Eclairé par une longue expérience, le Roi votre auguste frère a donné à nos besoins et à nos mœurs une Charte qui concilie par d'admirables combinaisons

l'ordre et la liberté, le dévouement des sujets et le pa-
triotisme du citoyen. Ce pacte de la restauration, juré
par lui, par nous et par vous, est menacé. Une faction qui n'a jamais discontinué la guerre dont elle
nous poursuit depuis quarante ans, s'est placée entre
le prince et le peuple. Elle a déja affaibli plusieurs
de nos plus chères institutions, et retardé jusqu'à ce
jour l'effet d'augustes promesses. Cependant la France
conservait ses espérances et s'en reposait sur une pa-
role qui ne peut tromper; mais aujourd'hui elle voit les
avenues du trône occupées par les chefs même de cette
faction.

« Exécuteront-ils la Charte et vos promesses, ceux
qui toujours ont protesté contre elles ?

« Nous rendront-ils celles de nos institutions qui
nous ont été enlevées, ceux à qui nous en reprochons
la perte ?

« Respecteront-ils la liberté de la presse, ceux qui
ne cesseront d'être accusés par la France que quand
la France n'aura plus de voix ?

« Réprimeront-ils les fraudes électorales, ceux contre
qui il nous a fallu lutter pour qu'elles fussent répri-
mées ?

« Diminueront-ils les impôts qui nous écrasent,
ceux qui toujours ont voté contre les réductions ?

« Satisferont-ils aux besoins de l'instruction publique, ceux qui prétendent ne la départir que par une
société repoussée par nos lois, et qui ne mettent leur
espoir que dans l'ignorance du peuple ?

« Sauront-ils faire honorer chez nos voisins la générosité française, ceux qui ont réclamé contre toutes
les résolutions généreuses ?

« Voudront-ils défendre l'indépendance de votre couronne, ceux que les vœux de l'étranger ont appelés au pouvoir, et que ses espérances y accompagnent?

« Sont-ils de dignes dépositaires de la gloire de nos armées, ceux dont nos guerriers ne connaissent que la trahison?

« Oublieront-ils la vengeance, éteindront-ils les haines, ceux qui rangeaient pour l'échafaud les Français en cathégories? Ceux qui appellent oisiveté la clémence? Ceux qui pour exprimer leurs horribles vœux se sont faits plagiaires des tribuns de la terreur?

« La France voit avec effroi réunis au ministère des hommes qui l'étaient dans ses antipathies, et du milieu desquels se sont hâtés de s'éloigner des citoyens honorés de l'amour et de l'estime des Français.

« Sire, ayez pitié de la France et du trône; écartez d'eux les fléaux qui les menacent, pour redevenir glorieuse et fortunée. La France n'a besoin que de la confiance de son Roi. Donnez-lui des ministres dignes d'elle et de vous.

« Sire, en terminant ces humbles représentations, qu'il nous soit permis de protester de notre respect. Nous connaissons nos besoins par nos souffrances : connaissez-les du moins par nos gémissemens. C'est une prière légitime, celle qui demande au ciel de bons Rois : pourquoi ne le serait-elle pas, celle qui demande aux Rois de bons ministres? »

(Suivent cent cinquante-quatre signatures dont j'ai tenu à gloire et honneur que la mienne fît partie).

Maintenant, Madame, de quoi vous entretiendrai-je, sinon pour vous consoler, au moins pour vous distraire un peu de la douleur que ne manquera pas d'exciter en vous la lecture d'un pareil placet ; car c'est la situation actuelle de notre belle France, que vous venez de voir comme dans une glace fidèle..... je cherche et ne trouve guère..... ah !.... la fin de l'infâme geôlier de Napoléon, la mort d'Hudson-Lowe.

Oui, vous trouverez comme moi, j'en suis certain, que la mort de cet être dégradé qui était partout exécré et faisait honte à l'Angleterre elle-même a été un sujet de secrète joie pour tout ce qui, Juif, Turc, Idolâtre ou Chrétien, porte un cœur d'homme. Où donc le gouvernement britannique avait-il déterré un caractère si abject, une ame si noire et un cœur si féroce ? Il lui fallait, il est vrai, plus qu'un Thersite pour se venger de qui fut plus grand qu'Achille : mais était-il présumable qu'il le trouverait ?...

Non, il n'était pas probable, il n'était pas possible qu'un Hudson-Lowe se trouvât ni en Russie, ni en Allemagne, ni en Espagne, ni en Hollande, ni ailleurs ; mais en Angleterre !.. ils y sont communs. Qu'un autre Napoléon à martyriser, à faire mourir à petit feu, apparaisse demain, et demain sortiront du gouvernement anglais cent Hudson-Lowe, qui gagneront, soyez-en sûre, leurs appointemens.

Malheureux Napoléon ! Oh ! que la fortune te fit cruellement expier ta gloire et tes triomphes !.. Avoir gouverné pendant quinze ans la GRANDE NATION, avoir vaincu à Héliopolis, à Marengo, à Austerlitz, à la Moscowa ; avoir épousé la fille des Césars, avoir fait et défait vingt Souverains ; et ensuite ne pouvoir ni lire un journal, ni décacheter une lettre, ni faire une promenade, ni causer avec un ami, sans la permission d'un insolent et brutal Anglais !... Est-il des supplices pareils à celui que tu dus éprouver!.. Oh! de quel morne et poignant désespoir tu devais être consumé!.....

Mais alors même qu'Hudson-Lowe, semblable au vautour qui a emporté sa proie sur un roc solitaire, torturait en toute liberté son illustre prisonnier, il pressentait déja l'infamie qui s'attacherait à sa conduite , puisqu'il la colorait de la peur d'une évasion. D'une évasion! à quatre mille lieues de l'Europe, dans un port sans navires, au milieu d'une mer sans limites dont le lointain horizon n'était parfois coupé que par des pavillons Anglais, n'était-ce pas joindre la dérision aux outrages, et l'hypocrisie à la férocité?

Et quels furent les fruits de tant de lâcheté, de tant d'infamie! Hélas! vous le savez. Le vainqueur d'Austerlitz, qui ne pensait plus aux grandeurs, mais que consumait le désespoir d'être livré sans défense à un Hudson-Lowe, ne vivait plus, il languissait, il traînait, il invoquait chaque jour la mort, et la mort se fit d'autant moins attendre que ses bourreaux, dit-on, las enfin de l'être, hâtèrent son arrivée. Napoléon mourut ; ses restes, qui auraient dû être transportés en Europe, sa terre natale, firent peur et peut-être honte aux souverains de cette contrée : ombragés par un saule, ils reposent dans l'île désormais immortelle de Ste-Hélène.

La tâche d'Hudson-Lowe est finie: oui, mais autre chose commence pour lui, c'est l'heure de son supplice. Il se rend d'abord en Angleterre, et avec l'or qu'il y reçoit pour prix de ses services, il y trouve et le mépris de ceux même dont il fut le Séide, et les coups de cravache du jeune Las-Cazes, dont il avait aussi outragé le père. Il vient ensuite sur le continent; voyage, change de costume, défigure son nom; mais partout l'instinct des honnêtes gens le reconnaît; on ne lui fait pas l'honneur de l'insulter : on le fuit, car, comme Caïn, il a au front un signe ineffaçable de réprobation et d'ignominie. Enfin, dans le mois d'Octobre dernier, il se rend aux eaux d'Aix la-Chapelle, et c'est là qu'abandonné de tout le monde, bourrelé de remords, en horreur à lui-même peut-être autant qu'aux autres, il a fini, Charles IX de bas étage, son odieuse et misérable existence. La providence est juste : si elle a permis que le geôlier de Napoléon vécût quelques années après sa noble victime, c'est pour mieux lui montrer, à lui et au monde entier, comment elle sait venger un grand homme et punir l'infamie *.

Mais qu'ai-je fait, Madame, et où m'ont emporté la vivacité de mon indignation et la rapidité de ma plume ? Je voulais, vous disais-je tout à l'heure, vous distraire de vos douleurs patriotiques, et voilà que je vous étale toute saignante la plus cuisante plaie de la patrie, puisqu'en vous esquissant les traits du bourreau, je vous ai rappelé les angoisses de la victime !.. J'ai composé une élégie là où je ne voyais que les élémens d'une satyre : je me hâte donc de revenir au ton naturel d'une lettre, sans pourtant me repentir

---

* Hudson-Lowe n'est pas mort : du moins les journaux qui avaient annoncé cette nouvelle l'ont rétractée; quoiqu'il en soit, si la nouvelle n'est pas vraie, les énergiques sentimens qu'elle a excité dans l'ame du correspondant le sont. Le geôlier de Napoléon n'est pas mort ! Eh bien ! il peut mourir quand il voudra : son oraison funèbre est toute faite.

(Note de l'Éditeur).

d'avoir jeté en passant quelques fleurs sur la tombe du grand homme: il fit assez d'ingrats parmi les grands, pourqu'on ne lui envie pas l'hommage désintéressé d'un homme du peuple.

(Ici le Correspondant se livre à un examen à la fois piquant et détaillé de la célèbre méthode d'enseignement de M. Jacotot de Louvain, examen que l'Editeur ne rapportera pas, à cause de son espèce d'incompatibilité avec les matières précédentes. Toutefois l'Editeur croit pouvoir supposer qu'on ne lui saura pas mauvais gré d'en donner le résumé.)

Vous voyez à présent, Madame, continue le correspondant, et sans qu'il soit nécessaire que je pousse plus loin mes argumentations, quel est mon avis sur la fameuse méthode d'enseignement qui se partage le monde intellectuel. Autant je la reconnais excellente, avec quelques modifications pourtant, appliquée à des adultes qui en raison de leur âge peuvent avoir une volonté ferme, et ont déja une certaine provision de connaissances, autant je la crois propre à rebuter en général la première jeunesse qui n'a et ne peut avoir ni pensées justes, ni idées acquises, ni résolution fixe. Cependant gardez-vous de croire que, parce que je ne suis pas complètement de l'avis de M. Jacotot, en éducation, je me range au nombre des détracteurs de son mérite. Une pareille injustice est bien commune, mais elle ne sera pas la mienne. Je me hâte donc de le dire, à une longue expérience, à de profondes méditations sur l'enseignement, M. Jacotot joint un talent d'observation réel et qu'on peut appeler vaste, sans trop d'exagération. Par ses ouvrages, par son journal de *l'Emancipation intellectuelle*, par la popularité qui en peu de temps s'est attachée à son nom, il a fait honte aux vieilles routines, réveillé en sursaut l'émulation endormie des maîtres de tous les degrés, et sonné, si je puis me servir de ce terme, le *boute-selle* général de l'instruction. Sous ces divers rapports le professeur ou plutôt l'*exhortateur* de la jeunesse studieuse de Louvain , a justement attiré l'attention et excité l'intérêt des amis des lumières dans les deux mondes; et ce n'est certes pas moi qui lui reprocherai de porter à sa boutonnière l'ordre du Lion-Belgique que vient de lui conférer le Roi des Pays-Bas. Les faveurs des souverains ne vont pas toujours aussi juste à leur adresse.

Sans doute le ton du journal de l'*Emancipation intellectuelle* pourrait être plus simple et moins hostile envers tout ce qui ne se prosterne pas aux pieds du *fondateur ;* sans doute on regrette d'y voir entremêlés tant et de si basses trivialités et de si prétentieux paradoxes; sans doute on désirerait que les éditeurs du recueil mensuel laissassent au moins quelquefois reposer l'encensoir, quand ils parlent de leur père ; sans doute enfin, il serait possible de faire part au public des succès des jeunes personnes de la pension Marcélis, avec moins d'exagération et d'emphase; mais que voulez-vous, Madame? Tous ces accès d'irritation, tous ces élans de vanité et d'orgueil sont de l'humanité, et le *fondateur*, quoique l'ami, le bienfaiteur des hommes, est homme comme eux. Et puis, je vous l'ai dit, il a observé et réfléchi, ce *fondateur;* or, il a vu que de vives attaques attirent infailliblement sur nous, avec d'aigres repliques, l'attention et quelquefois l'intérêt public; il a remarqué que dans ce monde on ne se presse guère de louer qui n'a que du mérite tout simplement, et ne sait pas travailler ses succès; il a observé que les hommes aiment en général le bruit, la controverse, les nouveautés, les absurdités même, et il est parti de là. Il a frappé fort, parce qu'il a vu que c'était plus essentiel que de frapper juste. Du reste, je saisirai un jour l'occasion de vous envoyer copie d'une lettre autographe, comme on dit en diplomatie, de M. Jacotot, au vieux compagnon d'armes de Wasington, à M. de Lafayette. Elle est au plus haut point caractéristique. Je viens de vous montrer une esquisse; vous verrez là un tableau.....

En même temps je répondrai à quelques autres parties de votre lettre que la longueur de celle-ci ne me permet pas d'aborder aujourd'hui, et dont *l'une* d'ailleurs (vous me comprenez) mérite de ma part les plus sérieuses réflexions : il est superflu de vous dire que j'allongerai ma missive de toutes les nouvelles du moment qui me sembleront dignes de vous être rapportées. Je ne vous demande rien en retour; je suis assez payé du bonheur d'être lu par une amie telle que vous; cependant vous savez si j'aurais du plaisir à recevoir une réponse où vous me retraceriez quelques uns des événemens et des *on dit* de votre grande ville, avec cette originalité piquante et cette grâce légère que vous trouvez toujours sans peine, et que je cherche souvent sans fruit. Je ne serais point surtout fâché que vous me transmissiez copie de la fameuse *Association Bretonne* que je connais, mais que la saisie à la poste des journaux qui la relataient m'a empêché de posséder dans toute son énergique fidélité. Vous savez que les associations des autres provinces et même de Paris contre tout impôt éventuellement illégal, ne sont que des contre-épreuves plus ou moins pâles de l'association de *l'héroïque* province de l'ouest. Il est vrai que c'était impossible autrement. Plus on tire d'épreuves d'une planche, plus elle s'use : pour avoir une belle gravure, il faut la prendre avant la lettre. Il me tarde aussi de savoir quelle décision rendront les tribunaux de Paris relativement à cette grave et importante affaire. C'est presque une question de vie ou de mort pour la charte. Il existe bien un précédent dans un jugement du Tribunal de Metz qui condamné au *minimun* de la peine portée par la loi le *Courrier de la Moselle*, pour excitation au *mépris* du gouvernement; mais j'aime à croire que les magistrats de la capitale seront eux, et comprendront d'une autre manière que leurs confrères lorrains les véritables bases du gouvernement représentatif.

C'est dans ce patriotique espoir que je suis, Madame, etc.

P. S. Vous pouvez dire à madame de Châteauvieux, que je lui enverrai incessamment la continuation de l'histoire des Jésuites modernes.

FIN

IMPRIMERIE ANDRÉ IDT, RUE ST-DOMINIQUE, N. 13, LYON.